BASTIEN JACQUOT

MES DIX PREMIÈRES

PETITES PROVINCIALES

AU *CLAIRON*

1881

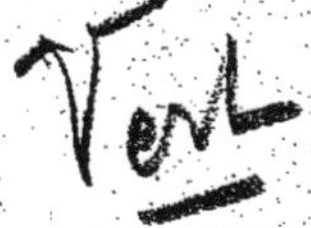

PARIS

IMPRIMERIE QUANTIN

7, RUE SAINT-BENOIT

1887

MES DIX PREMIÈRES

PETITES PROVINCIALES

AU *CLAIRON*

BASTIEN JACQUOT

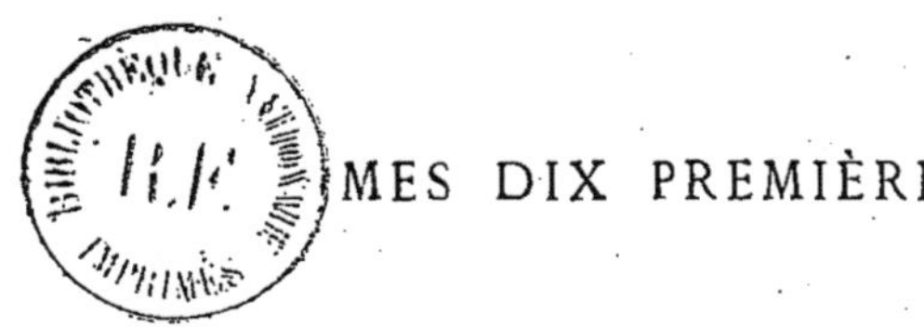

MES DIX PREMIÈRES

PETITES PROVINCIALES

AU *CLAIRON*

1881

PARIS

IMPRIMERIE QUANTIN

7, RUE SAINT-BENOIT

1887

A MONSIEUR

J. CORNÉLY

Cher Maître,

Au moment de coudre ensemble ces feuilles éparses, je me rappelle tout naturellement notre conversation qui les fit naître :

« Pourquoi ne pas essayer vous-même ce genre? » me disiez-vous.

Pourquoi?.... Pourquoi?.... pensais-je, étonné, semblable à ce dilettante, conforta- blement assis dans sa stalle à l'Opéra, que

I

le directeur viendrait prier de remplacer le ténor enrhumé.

En pareille occurrence, il faut bien s'attendre à voir tant d'audace accueillie par des huées et des sifflets.

Votre bienveillance et votre amabilité en ont décidé autrement, car je me vis, chétif, imprimé en première page, parmi les accents si brillants de votre Clairon *naissant.*

Permettez-moi donc, à mon tour, de mettre ici votre nom à la première place, et pardonnez à mon calcul : je me dis que votre patronage seul décidera le lecteur à regarder les autres pages.

Recevez, cher Maître, l'assurance de mes sentiments dévoués,

BASTIEN JACQUOT.

PETITES PROVINCIALES

I

Montagny-la-Plaine, 24 mars 1881.

Monsieur le Rédacteur,

Vous ne connaissez sans doute pas Montagny-la-Plaine ; c'est un si petit village que je ne peux guère m'en étonner.

La journée se passe aux travaux des champs ; le soir, nous nous réunissons à l'auberge du *Chariot d'Or*, et là, dans nos veillées, nous discutons les choses et les hommes du jour.

Eh bien, le croiriez-vous? nous nous entendons aussi peu que vous autres, dans les grandes villes!

Nous sommes cependant sans malice, nous, hommes de labour et de herse, bien terre à terre, comme vous voyez.

Nous ne pouvons même pas être ambitieux, il n'y a chez nous qu'une place de garde champêtre, et, chaque fois qu'elle est vacante, on la donne à un avocat de Paris!

Malgré tout, depuis dix ans, nous ne pouvons nous mettre d'accord.

Il me semble que la France est, comme qui dirait, dans une voiture dont le cheval serait emporté; une partie des voyageurs, les républicains, disent : « Qu'est-ce que ça vous fait? On va plus vite, voilà tout! » Les autres, les monarchistes, crient : «Arrêtez! arrêtez! Il arrivera un accident qui cassera tout! »

On ne les écoute pas : ce sont les républicains qui fouettent le cheval en ce moment.

A notre dernière veillée on s'est occupé de votre journal, oublié par un voyageur de commerce.

Avant qu'il fût déplié, Rougeot voulait que ce fût *le Clairon* qui sonnât la générale des revendications populaires! Gauchet désirait qu'il sonnât la marche progressive du peuple!

Poignasson croyait déjà entendre le ralliement des bonapartistes éparpillés! Blanchard voyait le clairon du héraut d'armes du Roi!

Le dernier avait dit vrai, et pendant qu'il lisait votre journal, avec un bonheur visible, on dauba sur le voyageur qui avait apporté *le Clairon*.

Gauchet disait que ce n'était pas un vrai voyageur de commerce ; les vrais sont dévoués corps et échantillons à M. Gambetta, qui est leur patron avant celui qui les paye.

Il paraît que M. Gambetta est déjà président de beaucoup de choses : de la Chambre, de l'Association des commis-voyageurs, de celle des marchands de vin et autres mélanges. En outre, à ce qu'on dit, une Chambre ne lui suffisant plus, il va bientôt présider, d'un seul coup, cent quarante-quatre chambres... syndicales!

Mon Dieu! Qu'est-ce que vous pouvez bien faire de toutes ces chambres à Paris, quand il n'y a pas d'Exposition?

Après, on a raconté que les commis-voyageurs n'avaient pas choisi M. Gambetta comme homme politique, mais comme homme du métier.

Il est le premier vendeur de France... Celui qui fait le mieux l'article ; il fourre à sa clientèle tout ce qu'il veut et tout ce qu'elle ne veut pas : un jour l'amnistie, un jour le scrutin de liste !

Mon fils, qui a été dans le commerce à Paris, m'a dit que M. Gambetta devait se faire beaucoup de *guelte* ; je ne connais pas ce mot-là ; il paraît que cela veut dire : bénéfice sur ce que l'on fait prendre à un client contre son gré !

C'est quelque chose comme mon cordonnier, qui me fait toujours des souliers trop étroits et me les fait garder à force de belles paroles !

Aussi, j'aurai mal toute sa vie !

En entendant ce propos, Poignasson espérait hautement qu'on se débarrasserait des beaux parleurs avec les produits de mon cordonnier.

Cela a mis Gauchet en fureur : il a prétendu que M. Gambetta, outre ses beaux discours, était un homme d'État.

Blanchard s'est mis à rire et a promis de nous prouver, à la veillée suivante, que si le président est gros, l'homme d'État est mince !

Il y aura peut-être un bon tapage; je vous le dirai dans ma prochaine.

Agréez, monsieur, etc.

BASTIEN JACQUOT.

Le Clairon. — Samedi 26 mars 1881.

II

Monsieur le Rédacteur,

Tous vos journaux sont arrivés pleins des discours du banquet de la mangeaille appliquée à l'industrie, et ce sujet a modifié notre ordre du jour, comme dit l'*Officiel*.

Nous ne comprenons pas bien, nous autres, pourquoi, à Paris, vous commencez toujours par la fin ?

Il est à peu près certain que le but principal du banquet, c'était les discours et non le repas !

On ne peut guère supposer qu'un beau matin toutes les chambres syndicales se soient réveillées en disant : « Tiens, il y a longtemps que nous n'avons dîné avec Gambetta ! Si nous organisions un petit pique-nique, cela remplacerait les bocks que chacun de nous lui offrait jadis ! »

Non, ils étaient quatre désireux de placer un discours, *un quatuor*, ce que vous appelez, je crois, une musique de *chambre*. Alors, pourquoi ne pas faire la musique et laisser chacun de ces bons négociants dîner en famille et faire son bezigue après ?

Nos républicains, Gauchet et Rougeot, trouvent que le maître a eu tort d'avouer que, depuis dix ans, il parle de choses qu'il ne connaît pas, sans consulter les gens du métier, ce qu'il fera dorénavant.

En veine de franchise, le président a déclaré qu'il s'intéressait beaucoup aux bazars... « Il faut bien que jeunesse se passe », a dit Blanchard... Mais pourquoi ne pas s'adresser simplement à M. Duhamel, homme compétent, d'après vos gazettes !

On a un peu ri, ce qui arrive rarement à Montagny.

Rougeot avança qu'il y avait une grande vérité dans le discours : consulter, pour l'emploi de l'argent, ceux qui payent l'impôt. Il regrettait même que l'orateur n'eût pas appliqué de suite ce principe, en demandant aux nombreux contribuables présents s'ils ne trouvaient pas que la moitié de son traitement lui suffirait.

Voilà... à la campagne on se dit ceci : un homme qui parle toujours de diminuer les charges du budget devrait d'abord ne prendre lui-même que l'argent nécessaire à son entretien.

En effet, les chevaux, les voitures, les dîners succulents, les cigares exquis doivent être un supplice pour celui qui s'abîme dans la pitié que lui inspirent les classes laborieuses !

Ce qui nous a le plus amusés, c'est le passage où l'on parle de la concorde que l'Europe nous envie.

Sans parler de la France, en regardant seulement la salle du banquet à l'heure même où ces paroles mémorables ont été prononcées, on voit deux pouvoirs élus par la même ville, la députation et le conseil municipal, qui vivent dans l'accord le plus parfait, l'un déclarant qu'il ne mettra jamais les pieds où se trouvera l'autre !

Et pourquoi le ministre du commerce n'assistait-il pas à ce banquet des intérêts commerciaux ? Il semblerait cependant que ses fonctions avec le titre de député de Paris lui faisaient un double devoir d'être présent !

Pour nous autres paysans, voyez-vous, il n'y a pas de belles phrases, *si émues* soient-elles, qui nous feront voir là dedans le régime qui nous divise le moins annoncé par les mages de la démocratie.

Au reste, le ministre de l'intérieur le sait bien, on a toujours la concurrence du système diviseur !

Il paraît qu'aujourd'hui il y aura un autre discours au banquet des drapiers. Le président de la Chambre doit bien cette politesse aux descendants d'Étienne Marcel, qui s'est emparé du pouvoir grâce à la présence de l'ennemi sous les murs de Paris !

Sur ce, nous nous sommes séparés aussi amis que Sigismond et Léon !

Agréez, monsieur, etc.

Bastien Jacquot.

Le Clairon. — Mardi 29 mars 1881.

III

Montagny-la-Plaine, 31 mars 1881.

Monsieur le Rédacteur,

Nos travaux de la campagne ne s'avancent guère; nous redoutons les froidures capricieuses d'avril, qui sont toujours bien à craindre pour l'avenir des récoltes.

Aussi, chacun profite des premiers rayons de soleil pour faire la lessive, tout comme votre conseil municipal est en train de lessiver M. Andrieux. Le pauvre monsieur reçoit vraiment trop de coups de battoir avant de se laisser tordre.

Une autre lessive, qui vient d'être étendue au

soleil, c'est l'affaire Laisant-Cissey, dont on s'est entretenu à la veillée d'hier.

Nos républicains étaient joliment penauds, quand on a lu le résultat de l'enquête. Ils se sont chamaillés tous deux : Gauchet blâmait la turbulence du parti de Rougeot. Celui-ci affirmait que les membres de la commission d'enquête étaient tous des réactionnaires, peut-être bien des orléanistes !

C'est, paraît-il, le comble de l'injure !

Nous autres, monarchistes, nous pensons que tout le monde doit être content d'apprendre qu'un Français, un soldat accusé, n'avait ni trahi ni volé la patrie !

Appelez-nous retardataires, si vous voulez, simples, s'il vous plaît; mais nous sommes encore fiers de l'honneur de l'armée, à laquelle nous donnons nos enfants. Et quand notre fils revient au village, après cinq ans d'absence, nous sommes heureux de dire : « Il a servi sous les ordres d'honnêtes gens ! »

Loin d'accuser à la légère, nous sentons une certaine vanité à croire qu'aucun enfant de la France n'est capable de trahison !

Mais, monsieur, en quel temps vivons-nous?

Il a suffi d'un faiseur de discours pour salir, de la façon la plus honteuse, ce vieux soldat dont la loyauté vient d'être proclamée par ses ennemis politiques.

Les journaux accusant le général d'avoir vendu son pays ont été emportés par des milliers de personnes dans tous les coins du monde. Ne faut-il pas rougir en songeant que ces milliers de personnes ne liront peut-être pas la réhabilitation ?

Et que fera-t-on, à présent, à ce capitaine du génie. . du mal, qui vient de partir pour l'Algérie ?

Il va sans doute prêcher dans le désert, seul endroit où sa voix, désormais, osera se faire entendre, nous l'espérons bien !

Si un homme disait de telles méchancetés contre l'un de nous, tous les habitants le chasseraient du pays.

Les députés doivent être aussi fiers que les paysans de Montagny.

On s'attendait à une réparation éclatante qui est due, d'après les usages, à un militaire faussement accusé ! On la doit bien à ce *suspect !* L'un de nos républicains a fait observer qu'il restait, malgré tout, l'affaire de l'espionne. Les plus malins n'ont rien pu prouver à cet égard, et le général ayant été reconnu innocent, il faut bien admettre que sa prétendue complice a été calomniée.

Ensuite on a touché deux mots des assassins politiques, qui ont fait tant de bruit avec leurs bombes, et à la Chambre, l'autre jour.

Il est clair que ces meurtriers-là ne sont pas du tout pareils aux autres. Quand on travaille la politique, on fait sauter en l'air des trains avec deux cents personnes, on pulvérise tout un quartier de la ville, on jette des bombes dans une foule, en criant : « Attrape qui peut ! » Alors, au lieu d'un simple avocat qui plaide la folie, on a des défenseurs payés sur le budget d'une nation tout entière.

Nous nous sommes demandé, à Montagny, ce qui serait arrivé si le prochain pendu s'était rendu, aussitôt sa bombe lancée à l'hôtel de ville de Saint-Pétersbourg, avait jeté des bouts de papier par la fenêtre et avait proclamé la République avec quelques bons nihilistes de la veille ?

Dans ce cas, je crois bien que M. de Cassagnac

et vous, monsieur Cornély, auriez été poursuivis à la place du *Citoyen* et de l'*Intransigeant*. Vous auriez probablement manqué d'empressement et d'aménité pour reconnaître cet aimable gouvernement.

Agréez, monsieur, etc.

BASTIEN JACQUOT.

Le Clairon. — Samedi 2 avril 188t.

IV

Montagny-la-Plaine, 3 avril 1881.

Monsieur le Rédacteur,

Figurez-vous que le maire de Montagny a voulu faire partie de *nos Veillées du Chariot d'Or* : Gauchet et Rougeot étaient pour ; les monarchistes étaient contre ; comme nous sommes trois : Blanchard, Poignasson et moi, le fonctionnaire a été évincé.

Ce n'est pas qu'au fond, ce soit un mauvais homme. Fils d'un ménétrier célèbre à quinze lieues à la ronde, on pouvait espérer qu'à l'instar de feu son père il connaîtrait l'harmonie et l'établirait parmi nous. A part la sale besogne qu'il fait pour plaire à son conseil et au gouvernement, nous serions assez tranquilles si ce n'était sa belle-mère !

Les mauvaises langues racontent que cette femme est en froid avec son gendre ; aussi, pour remédier à cet état de choses, de temps en temps elle met le feu à la mairie, qu'elle habite, on ne sait pas pourquoi.

On n'a encore jamais vu, nulle part, une belle-mère qui embête son gendre et toute une commune !

Tout naturellement, la conversation a roulé sur notre conseil municipal, dont les monarchistes ne sont pas, quoiqu'ils soient les contribuables les plus imposés du village.

Si l'on dédaigne mes avis, faites, mon Dieu ! que l'on méprise mon argent !

On m'assure qu'il en est ainsi dans toute la France ; ceux qui n'ont rien disposent de l'argent des autres.

Cela revient à peu près à faire garder son vin par des ivrognes !

Notre conseil se compose donc des moins imposés et des moins imposants de Montagny. L'un d'eux me doit quinze francs, c'est le rapporteur du budget ; il devrait bien me rapporter mes quinze francs.

A vrai dire, les affaires du village les intéressent fort peu ; leur grand, leur unique souci serait de renvoyer le garde champêtre Landry.

Chaque conseil municipal, une fois élu, vous

prend son garde champêtre et vous le secoue, comme les enfants font d'un marronnier pour ramasser les hannetons.

Mais Landry a la vie dure; ils ont beau cogner, depuis deux ans, il ne bronche pas. On le dit calé par un fort personnage. Tout cela n'empêchera pas le pauvre garde champêtre d'être, avant peu, rôti comme un simple gigot.

A bien regarder la chose, on ne peut pas en vouloir au conseil municipal.

Au dire de nos gouvernants, le suffrage universel doit être obéi point pour point; or nos conseillers, plus fraîchement sortis du bain électoral, tout dégouttants qu'ils sont encore, sont plus imprégnés des volontés du peuple que les soutiens de Landry, élus, il y a nombre d'années.

Donc, il faut le dire sans barguigner, la commune doit triompher.

Chez nous, quand on veut renverser un obstacle résistant, on se sert d'un bélier; contre Landry, le premier coup de bélier, ç'a été l'affaire de la grande Claudine.

La grande Claudine jouit d'une mauvaise réputation; elle scandalise souvent les familles par son manque de réserve avec les garçons du pays.

Le garde champêtre actuel, comme tous ses prédécesseurs, a tâché de dissimuler le plus possible les allées et venues de cette demoiselle, en la priant de rester chez elle.

Mais voilà qu'un jour, par un beau soleil d'août, quand on entasse le long des prés les richesses que le bon Dieu envoie, même à ceux qui le nient, voilà, dis-je, que Landry aperçoit la grande Claudine se dirigeant vers les meules à foin.

Il la suit et lui demande ce qu'elle fait par là ?

Elle n'est pas, tout le monde le sait, une travailleuse des champs ; il lui ordonne de rentrer chez elle.

La grande Claudine s'en va, en bougonnant, et menace le garde champêtre par ces mots : « Vous entendrez parler de moi ! »

Cela n'a pas manqué ; à la séance suivante du conseil municipal, le conseiller Goudron a pris en mains la cause de la grande Claudine.

Il a parlé de liberté, d'arrestations arbitraires... Avec des mots comme ceux-là, on est sûr d'avoir pour soi les innombrables jobards de France et de Montagny, même si on réclamait la liberté des chiens enragés !

Continuant son discours, mon Goudron dit

que la grande Claudine est libre, et qu'il ne veut pas qu'on y touche !

Que va-t-elle devenir alors ? aurait pu demander Landry.

Bref, on a si bien mêlé ensemble la cause de la grande Claudine et celle de la République, que l'on n'est pas, à l'heure qu'il est, un vrai républicain, à Montagny, si l'on n'est pas avec la grande Claudine !

Il faudra bien que le garde champêtre rende son baudrier.

Agréez, monsieur, etc.

Bastien Jacquot.

Le Clairon. – Mardi 5 avril 1881.

V

Montagny-la-Plaine, 15 avril 1881.

Monsieur le Rédacteur,

Après avoir dit deux mots des gelées blanches du matin, qui font bien du mal à la terre en ce moment, on en est venu à parler du service militaire pour les séminaristes.

Rougeot, je n'ai pas besoin de vous le dire, est très content du projet de loi. Non pas qu'il en veuille plus au clergé qu'à tout autre soutien de l'organisation sociale ; ça lui est bien égal.

Son parti, voyez-vous, ressemble à une compagnie de maçons, devant une maison à démolir... Qu'on donne les coups de pioche en haut ou en bas, à droite ou à gauche, ils disent : « Cela aide toujours à la chute finale. »

4

Il s'agit de savoir si, nous autres, conservateurs, qui sommes dans la maison, nous lamentant en attendant qu'elle tombe, nous n'en sortirons pas un jour, pour empêcher la démolition complète ?

En présentant la loi, le gouvernement nous dit qu'il ne veut pas porter atteinte à la religion... Voilà, par exemple, ce qu'on me fera croire difficilement.

Le prêtre a besoin, aux yeux de ses fidèles, d'être l'homme vertueux, ayant toujours accompli les devoirs du culte qu'il exige de vous ; il faut que sa vie ait été tout entière consacrée au service de Dieu.

Eh bien, tous vos députés réunis ne me feront jamais entendre que j'aurai le respect sacré, nécessaire à la religion, pour celui que j'aurais mis naguère à la salle de police, ou pour celui avec qui j'aurais monté la garde d'écurie !

Poignasson posait le dilemme suivant : « Un séminariste arrive au régiment ; de deux choses l'une : ou, en raison de sa vocation, on lui laisse toute liberté de remplir ses devoirs religieux, ou il en est empêché par les besoins du service. Voudra-t-on le lui permettre ? C'est impraticable,

car, pour échapper à quelques corvées, nous aurions bientôt toute une armée de gens se disant
voués au sacerdoce. Il faudra donc l'en empêcher,
et il ne sera plus prêtre ; c'est-à-dire l'homme
qui a toujours accompli les devoirs que l'Église
impose. »

Gauchet, un peu décontenancé, assurait cependant des bonnes intentions du gouvernement pour
le culte de la nation, lorsque Blanchard lui dit :
« Vous pouvez de même protéger la médecine
en supprimant les médecins, comme du reste vous
affirmez votre respect pour la magistrature, en
renversant les juges. »

A parler franc, il y a bien de l'hypocrisie dans
tous ces projets de loi.

Ensuite on a parlé d'un nommé Bert, le porte-
parole du *gouvernement laïque, militaire, obliga-
toire,* dans la question des séminaristes.

Il paraît que ce monsieur a trouvé, dans le
commerce des chiens, sa haine contre le clergé.

La spécialité de M. Bert est d'écorcher les chiens
tout vivants.

On assure même qu'il a trouvé le moyen de
cultiver la science canine tout en satisfaisant ses

rancunes cléricales : chaque chien qu'il veut étudier (à coups de couteau) est habillé d'une soutane.

Par amour pour sa clientèle, cet honorable équarrisseur d'un nouveau genre veut nous plonger dans la nuit de l'athéisme ; c'est la nuit, vous le savez, que les chiens aboient le mieux.

Avez-vous jamais passé dans la campagne, alors que tout est sombre ? Vous avez dû en entendre, dans cette obscurité, des interpellations et des discours à longue haleine ; il n'est pas jusqu'au petit roquet qui n'apporte son amendement, d'une voix criarde.

Assourdi par ce vacarme, vous avez dû vous dire : Quand donc viendra l'homme au grand bâton pour faire cesser ce tapage qui trouble le repos de tous les honnêtes gens ?

Agréez, monsieur, etc.

BASTIEN JACQUOT.

Le Clairon. — Dimanche 17 avril 1881.

P. S. — J'oubliais de vous dire... Rougeot a prétendu que des jeunes gens entraient dans les séminaires par crainte de la guerre et des dangers de mort.

Il est resté coi, devant cette réponse que nul soldat ne courait autant de dangers que le prêtre appelé nuit et jour au chevet des malades pestiférés ou cholériques. On n'a pas d'exemple d'un curé qui ne se soit rendu au premier appel, pour porter les derniers sacrements.

B. J.

VI

Montagny-la-Plaine, 17 avril 1881.

Monsieur le Rédacteur,

Sous ce pli, j'ai l'avantage de vous remettre un mandat de dix francs, destinés à votre « souscription pour offrir une épée d'honneur au général de Cissey ».

L'offrande est modique. Nous aurions voulu faire davantage; mais vous savez que l'argent est rare à la campagne dans ces années de mauvaises récoltes.

C'est hier, à la veillée du *Chariot d'Or,* que cette petite somme a été recueillie.

En arrivant, j'ai donné lecture de votre article, applaudi des deux mains par nos conservateurs. Blanchard et moi, nous avons souscrit chacun pour trois francs, Poignasson pour deux francs.

— Je suis heureux, a dit Blanchard, de contribuer à donner cette épée, qui sera le symbole de l'honneur militaire français; puisse-t-elle un jour châtier ces gens qui répandent leur bave, depuis dix ans, sur tout ce dont la France doit s'enorgueillir !

Ils apprendront, ces détracteurs gagés, qu'une insulte d'eux est un titre à l'estime, au respect, à l'admiration de tous les cœurs vraiment français.

Poignasson appuya sa cotisation de ces paroles: « Cette idée généreuse appartenait bien au vaillant *Clairon.*

« L'article de M. Cornély a dû faire vibrer le cœur du vieux général, comme aux jours d'apparat quand le clairon sonne *aux champs.* »

— Oui, Jacquot, me dit-il, M. Cornély a raison; il sait qu'un général est parfois insulté à la porte de la caserne par des voyous fainéants ; mais dès que le clairon l'aperçoit, il sonne, et tous les honnêtes gens accourent défendre le chef insulté.

Je remerciai ces messieurs en votre nom et j'acceptai les bons souhaits faits pour votre *Clairon,* que l'on appelle même : la Renommée du parti conservateur.

Rougeot, l'intransigeant, ne soufflait mot et rongeait sa moustache.

Gauchet voyait une affaire politique dans la souscription, lui qui n'en avait pas vu dans l'outrage ! Ah ! le bon mouton opportuniste !

Il expliquait ses raisons, quand sa femme vint à entrer dans l'auberge. C'est une maîtresse femme, Mme Gauchet ; entre nous soit dit, elle fait les élections à Montagny, plutôt que son mari.

— Il n'y a pas, dit-elle, de politique là dedans : il s'agit d'un homme honorable, calomnié ; et l'honneur militaire, c'est comme l'honneur d'une femme ; il ne doit pas être soupçonné.

Il est toujours facile de dire : « Tel général a trahi, ou : telle femme a trompé son mari. » Les amateurs de scandale, les gobe-mouches ne manqueront pas de s'en faire des gorges chaudes.

Foin des sots et des imposteurs! Il n'est pas de réparation assez éclatante, assez publique, pour le militaire comme pour la femme outragée. Tenez, monsieur Jacquot, voici mon porte-monnaie; je n'ai qu'un franc cinquante; prenez et inscrivez : « Une femme française. »

Le vieux soldat retraité, Brigard, nous écoutait depuis un instant. Il s'approcha, timide, en disant:

— Excusez, messieurs... je ne suis pas riche, je n'ai que dix sous à vous offrir, je serais fier de les donner pour le général de Cissey.

Je le connais, j'ai servi pendant trente ans sous ses ordres. Dans tous les combats, je l'ai vu au plus fort du danger, à Milianah, à Dellys, à Ouarezeddin, à Isly, en Kabylie, à Inkermann, à Sébastopol; toujours au premier rang, quand il ne revenait pas blessé, ce n'était pas de sa faute. A Gravelotte, son cheval est tué; il prend le mien, puis, celui de trois de mes camarades. Voyez-vous bien, messieurs, des hommes comme cela, leur portrait, c'est l'histoire glorieuse de l'armée française... Vous me voyez pleurer... ne faites pas

attention... mais qu'ils les montrent donc, leurs
brillants états de services, ceux qui ont accusé de
trahison mon pauvre général, lui que toute l'armée connaît pour l'homme le plus brave et le plus
brave homme !

Agréez, monsieur, etc.

Bastien Jacquot.

Le Clairon. — Mercredi 20 avril 1881.

VII

Montagny-la-Plaine, 12 mai 1881.

Monsieur le Rédacteur,

Grande fête à Montagny ! Nous avons eu, avant-hier, la visite de notre député, ou mieux, de leur député, M. Baudruchard, ancien vétérinaire.

Bêtes et gens l'ayant abandonné, il s'est mis dans la députation ; c'est un métier comme un autre. A le voir passer, tout bouffi d'importance, vous le prendriez pour un homme assez bien, n'était le bout de sa pipe qui sort de sa redingote.

Avez-vous remarqué comme ces *sans-culottes* ont toujours des pipes bien culottées ?

Or, disait-on à la veillée, M. Baudruchard vient nous demander si nous préférons le scrutin de liste au scrutin d'arrondissement, c'est-à-dire si nous préférons être mangés à la sauce longue plutôt qu'au court bouillon.

A entendre Rougeot, c'est encore une frime opportuniste, pour savoir bonnement lequel des deux scrutins assurera la réélection du député. Cela se devine en le voyant sourire à nos femmes et donner des tapes sur la joue de nos enfants.

Gauchet lui-même trouvait bizarre que M. Baudruchard vînt, pour la première fois, consulter ses électeurs, et justement sur la seule chose qui ne les regarde pas. Liste ou arrondissement, on aura toujours un député.

C'est qu'ils sont bien embarrassés, tous les républicains, la moitié est tirée à *hue!* par le président de la rive gauche, l'autre moitié à *dia!* par le président de la rive droite. Et dame! tous les Gauchets de France sont le bec dans l'eau qui, d'après le plan de Paris, sépare nos deux pouvoirs publics.

Pour moi, je suis tout à fait de l'avis de Blanchard : nommez les députés à la bloquette comme au jeu de billes, ou un à un comme au jeu de bouchon, ça m'est bien égal, si la majorité doit rester pareille à celle d'à présent.

Et j'en ai peur, nos paysans feront avec les élections républicaines, comme avec notre vieux pont vermoulu; on passera par là, tant qu'un sinistre ne sera pas arrivé!

Une seule chose nous réjouit à l'espoir du scrutin de liste, c'est l'arrivée en masse de ces pancartes avec des noms de gens que nous ne connaissons pas.

Nous allons voir, je présume, quelque chose dans le genre des prospectus des sociétés financières, aussi nombreuses que les sauterelles, avec des noms mirifiques, des notes explicatives sur les talents de chacun. Du moins, ceux-ci sont francs; ils n'y vont pas par les quatre chemins de la politique et de la philanthropie, pour nous dire qu'ils n'en veulent qu'à notre argent!

A la vérité, si l'on doit continuer à élire des républicains, il faudra changer de système.

On ne trouve plus que des gens d'une médiocrité surnaturelle, même en s'adressant aux plus grandes manufactures de députés républicains, qui sont les écoles de droit.

Un seul remède se présente, c'est de fonder une école, une sorte de Saint-Cyr parlementaire, où l'on s'exercerait aux discours creux et laudatifs, aux interruptions flatteuses et aux approbations graduées à l'usage de la majorité. En guise de récréation, on apprendrait les hurlements et les cris sauvages destinés à couvrir les voix de la minorité.

Et, au bout de deux ans, on sortirait député de ce que l'on pourrait appeler : l'*École Sainte-Opportune*.

Agréez, monsieur, etc.

BASTIEN JACQUOT.

Le Clairon. — Mardi 17 mai 1881.

VIII

Montagny-la-Plaine, 24 mai 1881.

Monsieur le Rédacteur,

Avec les beaux jours,
Nos veillées ont pris fin.

Au village, on se lève et se couche en même temps que le soleil; l'homme des champs a besoin de repos pour son rude labeur.

Maintenant, c'est le dimanche, à la sortie de la messe de dix heures, que nous nous entretenons des événements de la semaine. Nous nous trouvons tous là, sur la place de l'Église, aussi bien les monarchistes que les républicains, car, vous ne le savez peut-être pas : à la campagne, il n'y a pas d'athées.

Oui, monsieur, il faut croire, quand on vit en face de la nature; et tenez, je voudrais voir avec nous un de vos incrédules des grandes villes, au sortir de la ferme avant l'aurore.

Un crêpe sinistre enveloppe l'horizon, tout sommeille, depuis l'insecte invisible jusqu'à la plante affaissée sur sa tige... tout est mort.... L'homme, inquiet, se dit : Quelle main puissante dissipera cette immense nuit ?

O athées ! réunissez toutes les forces matérielles de la science et chassez les ténèbres !

Mais lorsque les rayons empourprés viennent déchirer le voile mortuaire lointain..., l'espoir revient au cœur, l'homme sent près de lui le pouvoir sublime qui ne l'abandonne pas.

Les sillons célestes deviennent plus éclatants, et la nature entière, dans un hymne d'admiration, chante sa résurrection !

Il me faut cependant quitter le ciel et tomber dans l'enfer, je veux dire dans la politique, pour vous rapporter notre entretien d'aujourd'hui, qui a roulé sur le grand événement de la semaine dernière : le vote du scrutin de liste. Les méchantes langues l'appellent déjà le scrutin de liste... civile pour M. Gambetta.

Indifférents à la question, il nous est certes bien égal que cette loi ait été votée avec la rapidité accoutumée.

Il ne nous déplaît même pas de congratuler la majorité de son savoir-vivre; en gens bien élevés, nos députés n'ont pas voulu retarder le voyage présidentiel qui doit coïncider avec la fête de l'Ascension. Avoir commencé une fortune par une ascension et s'en souvenir, moi, je trouve cela très bien. Je conseille même aux auteurs du prochain catéchisme laïque de dire que la fête de l'Ascension a été instituée en souvenir du départ de M. Gambetta en ballon.

En outre, les députés au cœur sensible ont compris, partagé peut-être l'impatience d'un fils qui va revoir l'épicerie de monsieur son père; on a bien le droit d'avoir la nostalgie de la potasse, du résiné et des chandelles des six.

Que deviendrait la France... républicaine, si la voix du sang allait parler? Si la cassonade, reprenant ses droits, allait garder celui qu'elle a vu naître? si le comptoir allait disputer à la tribune son enfant?

Au fond, je ne mets pas malice à tout cela, je vous l'assure, et, si la France doit être gouvernée par un républicain, j'aime autant le savoir versé dans la mélasse que dans l'échiquier.

La France, voyez-vous, sera toujours un pays gai : ainsi, qui aurait cru pouffer de rire en lisant la *République française* du 21 courant ?

Eh bien, monsieur, nous avons pensé nous rouler sur la pelouse, en trouvant dans l'éloge du discours du maître cette phrase textuelle : « On ne se représente guère tant de grâce unie à tant de force ! » Il a fallu relire deux fois. Il me semblait avoir vu la première fois cette phrase moins flatteuse, mais plus vraie : « On ne se représente guère tant de graisse réunie dans ce torse. »

Non, c'est bien la grâce... Ce que c'est, tout de même, que d'aimer les corps de ballet..., on me l'a toujours dit : d'une bonne fréquentation on garde toujours quelque chose... il avait la force, il a acquis la grâce... Où Hercule n'a pas réussi, Léon a triomphé !

Allons, messieurs les courtisans à gages, achevez la parodie royale que vous jouez devant le pays abasourdi, et décernez à vos hommes politiques le surnom qui convient à chacun. Tous vos partisans, quémandeurs de plaques et places, ne demandent qu'à acclamer au passage :

Jules le *fraternel,* Léon le *gracieux,* Constans le *parfumé,* Ferry le *neutre,* Farre le *petit tambour,* Cazot, le *serrurier,* Barthélemy le *reconnaissant,* etc.

Agréez, monsieur, etc.

BASTIEN JACQUOT.

Le Clairon. — Vendredi 27 mai 1881.

IX

Móntagny-la-Plaine, 15 juin 1881.

Monsieur le Rédacteur,

On se préoccupe beaucoup, chez nous, de l'Algérie. Tout ce qui s'y passe nous paraît très grave; chaque jour, des dépêches officielles annoncent que Bou-Amena est pris dans un réseau dont il lui est impossible de s'échapper, et, le lendemain, on apprend quelque nouveau méfait commis par le même chef arabe que l'on tenait si bien.

Il faut en convenir, voilà une guerre bien drôle, pour ne pas dire bien triste; nous n'avons des morts et des blessés que depuis la signature de la paix !

Le traité de Tunis devait, disait-on, assurer la sécurité de notre colonie algérienne.

N'est-ce pas le cas de dire, avec le Marseillais qui habite chez nous : « *Zuʒe* un peu si le traité n'avait pas assuré la tranquillité ! »

Ah ! de grâce, remettez-nous dans l'état de guerre où la France n'avait pas d'inquiétude, où nos soldats ne risquaient que la malédiction du vieux concierge d'en haut de la montagne.

Les déplorables aventures de ce brigand africain ravivent, plus brûlante que jamais, cette fameuse question algérienne, qui s'est compliquée étrangement depuis dix ans. Plusieurs d'entre nous ont été militaires là-bas et, connaissant le pays, vous diront que l'Arabe se révolte d'autant plus facilement qu'il ne sent plus peser les deux seules forces imposantes pour lui : la foi et l'armée.

Pendant longtemps, l'indigène a courbé la tête en disant cette parole du Prophète : « C'était écrit ! » Il s'inclinait religieusement devant les succès d'une armée victorieuse, combattant au nom d'un Dieu fort et respecté, protégeant ceux qui l'adorent.

Jadis supérieurs par notre foi sacrée, nous paraissons aujourd'hui dépouillés de l'auréole divine. Le musulman voit en face de lui des hommes sans Dieu, sans culte, plus que des hérétiques, des païens, les pires ennemis signalés par le Coran.

Quant à l'armée, après avoir tremblé devant elle, on la voit maintenant au second rang, pliant aux caprices d'avocats par métier, monarques par occasion. Notre admirable discipline est prise pour de l'affaiblissement, car, sous le *gourbi* comme dans le *douar*, on croit toujours que le chef est le plus vaillant, le plus guerrier de tous ! Partant de cette appréciation, je me refuse à estimer la valeur infinitésimale que l'on accorde à un caporal.

Les indigènes voient à présent, comblés d'honneurs et de places, ceux qui, naguère déportés politiques de l'Empire, allaient, chaque dimanche, chez le gouverneur *répondre à l'appel,* comme on disait alors.

Je ne prétends pas que l'Empire avait raison d'envoyer les proscrits en Algérie; mais, pour l'Arabe, ces gens étaient des hommes inférieurs, presque des galériens, qui sont devenus subitement les personnages considérables de la colonie.

Vous voyez quelles fables les marabouts s'en vont racontant dans les tribus, et combien, malheureusement, il peut leur être facile de soulever des fanatiques contre ce qu'ils appellent des « dominateurs païens » !

C'est dommage que je ne sache pas bien tourner une lettre, je m'adresserais aux messieurs du gouvernement et je leur dirais ceci :

Écoutez les gens de Montagny ; ils savent mieux que vous ce qui convient ; il faut que les indigènes voient dans la France un grand peuple marchant au nom d'un grand Dieu ! Pour eux, la puissance est la marque de la protection divine ; seul, le prestige militaire peut révéler notre grandeur.

Le soleil d'Afrique s'éteint sur une redingote noire ; il lance des éclairs foudroyants quand il darde ses rayons sur les sabres d'acier et les épaulettes d'or. Le Zaccar, muet devant le discours le plus sonore, répète d'écho en écho à travers l'Atlas les accents du clairon. Le vent du désert souffle sur le panache, ne l'abat jamais, au contraire le

dresse et le rend menaçant, pendant que le cha-
peau de soie du meilleur avocat va rouler dans
le sable.

Agréez, monsieur, etc.

Bastien Jacquot.

Le Clairon. — Lundi 20 juin 1881.

X

Montagny-la-Plaine, 3o octobre 1881.

Monsieur le Rédacteur,

Qu'est-il donc devenu, le bonhomme Jacquot ? vous disiez-vous peut-être quelquefois.

Et vous ajoutiez sans doute :

Les républicains de Montagny ont dû lui faire un mauvais parti, ou bien il s'est fait nommer député aux dernières élections et nous allons le voir arriver à Paris.

Eh bien, non ! j'ai encore bon pied, bon œil ; nos gens avancés ne s'avancent jamais plus loin qu'aux injures, quand on leur prouve l'inanité de leur doctrine.

Il ne m'est pas venu à l'idée de briguer la députation, sachant d'avance que faire une réunion électorale monarchiste, chez nous, ce serait vouloir établir un cours de rhétorique dans une maison d'aliénés.

A dire exactement, il n'y avait pas de lutte possible contre le candidat officiel. Jugez vous-même : *une victime du deux décembre !* oui, monsieur, et, de plus, le candidat avait été compromis dans tous les attentats des vingt années impériales. Enfin, cautionnement irrésistible pour la masse électorale, il revenait de Nouméa.

Il paraît qu'un *vrai pur,* c'est comme le vin ; rouges tous deux, ils gagnent à voyager et à vieillir.

Prenez un bon républicain ou un vin à quatre sous, envoyez-les à Cayenne, Lambessa, Nouméa et retour ; donnez-leur un air méridional, vous les verrez bientôt aux premiers rangs ; ils auront les honneurs, les tables bien garnies. On les payera comme bons, et le brave bourgeois ne s'apercevra de la qualité que le jour où il sera empoisonné !

Bref, on a nommé la *victime*. Chacun, à Montagny, est content : tout est bien qui commence mal !

Tout cela ne vous dit pas pourquoi j'ai interrompu ma correspondance.

Juillet arrivant, nous nous sommes mis aux récoltes, il a fallu travailler ferme, sous les ardeurs d'un soleil brûlant. En bras de chemise, comme on dit, les manches retroussées, la poitrine ouverte, on fauche, on fait des gerbes, on monte les meules, chacun rivalise d'activité pour finir le premier ; si on lève la tête, en s'essuyant le front, c'est pour voir où en est le voisin !

On ne quitte cette rude besogne qu'au moment où nos prés sont taillés en brosse.

Après les récoltes viennent les vendanges, garçons et filles grappillent à qui mieux mieux ; sur tous les coteaux on entend les chansons du pays, chants de baptême du vin qui portera partout la gaieté et la santé.

Au pressoir, on est plus sérieux ; le père Mathurin, près de son tonneau, dit qu'il est le gouvernement et que le raisin représente les contribuables ; il en extrait tout ce qu'il peut.

Enfin, voici l'automne : plus personne dans les champs, adieu les épis dorés, les prairies chatoyantes ; maintenant la terre est recouverte de monceaux de feuilles desséchées, qui, par endroits, s'élèvent comme les tombes inconnues d'un cimetière abandonné ! Les arbres dépouillés étendent vers le ciel leurs bras décharnés, semblant implorer la clémence divine pour les temps cruels que l'hiver amène.

Avec ces signes précurseurs de la désolation, le deuil est arrivé dans nos contrées, nous voyons beaucoup de femmes vêtues de noir ; ce sont de pauvres mères qui pleurent ceux que la Tunisie ne renverra jamais.

On n'a jamais rien compris chez nous à cette guerre lamentable pour laquelle on prend nos enfants.

Maintenant, on s'y perd tout à fait. Les insurgés, assure-t-on, ne veulent plus de leur roi qu'ils appellent un Bey.

Roi ou Bey, c'est une engeance détestée des Français à l'heure qu'il est, et puis voilà que c'est nous, gens de république, qui voulons maintenir et soutenir ce despote, l'imposer même à un peuple envieux de se mettre en république !

Si quelqu'un, à Paris, peut m'expliquer cela, donnez-moi son nom, je lui enverrai deux sacs de pommes de terre.

Agréez, monsieur, etc.

BASTIEN JACQUOT.

Le Clairon. — Mardi 1ᵉʳ novembre 1881.

A. Quantin imprimeur
7 S. Benoit 7 à Paris